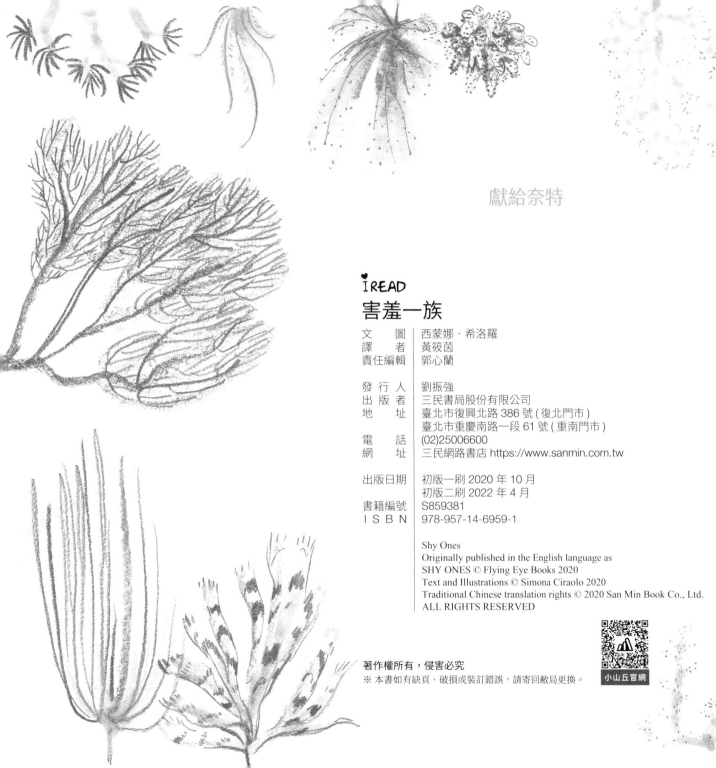

獻給奈特

♥ IREAD

害羞一族

文　　圖	西蒙娜‧希洛羅
譯　　者	黃筱茵
責任編輯	郭心蘭

發 行 人	劉振強
出 版 者	三民書局股份有限公司
地　　址	臺北市復興北路 386 號 (復北門市)
	臺北市重慶南路一段 61 號 (重南門市)
電　　話	(02)25006600
網　　址	三民網路書店 https://www.sanmin.com.tw

出版日期	初版一刷 2020 年 10 月
	初版二刷 2022 年 4 月
書籍編號	S859381
I S B N	978-957-14-6959-1

Shy Ones
Originally published in the English language as
SHY ONES © Flying Eye Books 2020
Text and Illustrations © Simona Ciraolo 2020
Traditional Chinese translation rights © 2020 San Min Book Co., Ltd.
ALL RIGHTS RESERVED

小山丘官網

害羞一族

西蒙娜・希洛羅／文圖　黃筱茵／譯

莫里斯 ♥

小山丘

鎮上新來了一個小孩，
不曉得你有沒有注意到他？

魚兒
小學

你可能需要仔細找一找，
因為他不太容易被看到。

他ㄊㄚ在ㄗㄞˋ課ㄎㄜˋ堂ㄊㄤˊ上ㄕㄤˋ並ㄅㄧㄥˋ不ㄅㄨˋ搶ㄑㄧㄤˇ眼ㄧㄢˇ。

他在遊樂場上
也同樣不引人注目。

除非你正在找他，

不_{ㄅㄨˋ}然_{ㄖㄢˊ}你_{ㄋㄧˇ}甚_{ㄕㄣˋ}至_{ㄓˋ}不_{ㄅㄨˋ}會_{ㄏㄨㄟˋ}發_{ㄈㄚ}現_{ㄒㄧㄢˋ}他_{ㄊㄚ}不_{ㄅㄨˋ}見_{ㄐㄧㄢˋ}了_{ㄌㄜ˙} 。

現在你或許正想著：「 這實在有夠無聊！」

不ㄅㄨˋ過ㄍㄨㄛˋ我ㄨㄛˇ可ㄎㄜˇ不ㄅㄨˋ會ㄏㄨㄟˋ這ㄓㄜˋ麼ㄇㄜ快ㄎㄨㄞˋ就ㄐㄧㄡˋ下ㄒㄧㄚˋ結ㄐㄧㄝˊ論ㄌㄨㄣˋ。

如果你有機會在他以為沒人看到時，
瞄他一眼……

……你會對他要去做的事，驚訝得不得了了。

深藍舞廳

喔ㄛ，一一定ㄉㄧㄥ要ㄧㄠ邀ㄧㄠ請ㄑㄧㄥ他ㄊㄚ來ㄌㄞ參ㄘㄢ加ㄐㄧㄚ
你ㄋㄧ的ㄉㄜ生ㄕㄥ日ㄖ派ㄆㄞ對ㄉㄨㄟ。

也ㄧㄝˇ許ㄒㄩˇ他ㄊㄚ寧ㄋㄧㄥˊ願ㄩㄢˋ不ㄅㄨˋ去ㄑㄩˋ，但ㄉㄢˋ他ㄊㄚ還ㄏㄞˊ是ㄕˋ會ㄏㄨㄟˋ努ㄋㄨˇ力ㄌㄧˋ一ㄧ下ㄒㄧㄚˋ。

最後他依然會出現，雖然感覺有點尷尬。

我怎麼會知道所有的事呢？

你ㄋㄧˇ懂ㄉㄨㄥˇ我ㄨㄛˇ們ㄇㄣ吧ㄅㄚ ……

…… 害<ruby>羞<rt>ㄒㄧㄡ</rt></ruby><ruby>害<rt>ㄏㄞˋ</rt></ruby>一<ruby>族<rt>ㄗㄨˊ</rt></ruby>。

我ㄨㄛˇ們ㄇㄣ˙總ㄗㄨㄥˇ是ㄕˋ能ㄋㄥˊ看ㄎㄢˋ見ㄐㄧㄢˋ彼ㄅㄧˇ此ㄘˇ。